BATAILLE ÉLECTORALE.

ÉPITRE

A

M. JACQUES LAFFITTE,

POUR LE CONSOLER

DE LA DÉFAITE QU'IL A ESSUYÉE DANS LES CHAMPS DE VERVINS.

Par M. P.
Habitant de Bayonne.

PARIS,

IMPRIMERIE DE CARPENTIER-MÉRICOURT,
Rue Traînée-Saint-Eustache, N° 15.

—

1826.

Bataille Électorale.

BATAILLE ÉLECTORALE.

ÉPITRE

A

M. JACQUES LAFFITTE,

POUR LE CONSOLER

DE LA DÉFAITE QU'IL A ESSUYÉE DANS LES CHAMPS DE VERVINS.

Par A. R.,
Habitant de Bayonne.

PARIS,

IMPRIMERIE DE CARPENTIER-MÉRICOURT,
Rue Traînée-Saint-Eustache, Nº 15.

1826.

Épître

A

M. JACQUES LAFFITTE.

JACQUES, console-toi ; dans cette triste vie,
Les choses ne vont pas au gré de notre envie ;
Et quelque purs que soient les vœux de notre cœur,
Loin de nous la Fortune a placé le bonheur.
Laisse les trois pour cent, monument de ta gloire,
Et déroule un moment le tableau de l'histoire.
Là, sous le nom de rois, tu verras des humains,
Demander au Très-Haut de plus heureux destins.

Enfin , Jacques , tel est de l'homme le délire ,
Que plus il a de biens , et plus il en désire.

    Toi-même , il t'en souvient, dans Bayonne autrefois ,
Théâtre infortuné de tes premiers exploits ,
Ton père , maître expert dans la charpenterie ,
Te laissa pour tout bien son rabot et sa scie.
Et dès lors , possesseur de ces deux instrumens ,
Par mois, chez Martin Cez (1), tu gagnais quinze francs.'
Mais un jour que ton maître , avec des coups de gaules ,
Fit un affront sensible à tes jeunes épaules ,
Tu disais : « Si jamais , par un heureux destin ,
» Au lieu d'un vil rabot , je tiens la plume en main ,
» Dieu juste ! ce jour-là , je veux avec Clarisse (2),
» Reconnaître à genoux ta bonté protectrice. »
    Jacques , presqu'aussitôt tes vœux sont accomplis ,
Et de bon *raboteur* deviens mauvais commis.

(1) Martin Cez était un maître charpentier chez qui travaillait alors Jacques Laffitte.

(2) Clarisse était une petite bossue , âgée de 40 ans , qui était servante chez Martin Cez , et dont Jacques Laffitte devint passionnément amoureux.

«Compagnons *va-sans-peur* (1), vous rouleurs de minettes(2),

» Vous ne roulerez plus Jacques dans vos guinguettes ;

» Chez Perregaux, dis-tu, dans des salons brillans,

» En paix je coulerai le reste de mes ans.

» C'en est fait, dans vos rangs vous n'aurez plus Laffitte,

» Compagnons et rouleurs à jamais je vous quitte.

» Equarissez vos bois, promenez vos rabots ;

» Moi, la plume à la main, pour prix de mes travaux,

« J'aurai douze cents francs dans le cours d'une année,

» Et je veux à toujours bénir ma destinée,

» Adieu. » C'était ainsi que raisonnait ton cœur ;

Tu croyais posséder un durable bonheur.

(1) Les ouvriers qui professaient le même état, se divisaient par compagnies qui avaient des dénominations différentes ; celle à laquelle appartenait Jacques Laffitte s'appelait la compagnie *Va-sans-Peur.*

(2) Dans chaque compagnie d'ouvriers, il y en avait un qu'on appelait *Rouleur de Minettes* ; cet individu était dépositaire de quelques fonds qui appartenaient à la compagnie, et ses fonctions consistaient à rouler (à conduire) l'ouvrier sans travail, d'abord dans toutes les guinguettes de l'endroit pour *le réga ler*, et ensuite chez les maîtres pour lui procurer de l'ouvrage.

Jamais mortel ne fit éclater plus de joie :
Pyrrhus en sentit moins quand il vit brûler Troie.
Tous les coups de gaulis que tu reçus de Cez,
Du dos et de l'esprit déjà sont effacés.
Déjà, ce qui n'est point ta nouvelle fortune
T'échauffe, te déplait, t'irrite, t'importune ;
Et Clarisse elle-même, objet de tes amours,
Clarisse loin de toi devait finir ses jours :
Elle allait dans la tombe, emportant ton image,
De son dernier soupir te consacrer l'hommage,
Sans que son désespoir pût t'arracher des pleurs,
Sans même qu'on te vît sensible à ses douleurs ;
En un mot, tu nageais dans les eaux du délice,
Ingrat, et méprisais ton rabot et Clarisse.

    A peine, cependant, six mois sont revolus
Que déjà tu prétends gagner deux mille écus.
Un souffle de Plutus te pénètre, t'enflamme,
Et de nouveaux désirs s'emparent de ton âme.
Tu ne te souviens plus de ton ancien état :
Dans le monde tu veux paraître avec éclat.
« Douze cents francs par an sont une bagatelle ;
» Il faut plus, disais-tu, dans ma sphère nouvelle.

» Des commis insolens, chez monsieur Perregaux,

» Ont osé m'appeler, *petit saute-ruisseaux*.

» L'un, me croit tout exprès arrivé de Bayonne

» Pour servir de hochet à sa sotte personne;

» Sur moi, sur mes habits, il lance vingt brocards,

» Et je le crois vraiment le roi des goguenards.

» Un autre, contrefait mes gestes, mon langage,

» Enfin, je suis l'objet d'un éternel outrage.

» Les traîtres! un beau jour..... ou plutôt une nuit,

» Dans ma petite chambre ils pénètrent sans bruit;

» Au plancher (Belzébut leur donna cette idée),

» Par eux une poulie est fortement fixée,

» Deux cordes descendaient du fatal instrument,

» Jusqu'où je vis hisser mon lit en un moment.

» Attirés par mes cris, des valets arrivèrent,

» Et de cet embarras d'abord me délivrèrent.

» Mais j'allais me venger, ami, de ces marauds;

» J'allais les attaquer, quand monsieur Perregaux

» Me .... » Jacques, je connais parfaitement l'histoire:

Tous ces faits sont présens encore à ma mémoire;

Je sais que pour narguer tous ces mauvais plaisans,

Perregaux t'accorda dès lors six mille francs.

Mais aussi, je sais bien qu'alors, mon cher Laffitte,

Le hasard te servit bien mieux que ton mérite,

Car tu ne savais pas écrire quatre mots.

Toutefois, par les soins de monsieur Perregaux,

Qui prévoyait déjà ta fortune future,

Tu reçus des leçons du célèbre Traisnure (1),

Et sous ce maître habile, en quatre ans et demi,

Tu parvins à traduire enfin, *liber petri* (2) :

Ce fut là le *zénith* de toutes tes études.

Ton patron en conçut quelques inquiétudes ;

Cependant, chaque jour, quoique peu satisfait,

Il répand sur toi seul quelque nouveau bienfait.

Mais malgré l'amitié dont ce banquier t'honore,

Laffitte, chaque jour, tu désires encore,

Chaque jour.... Mais faut-il te suivre pas à pas ?

Non, Jacques, c'est un soin que je ne prendrai pas ;

Je ne veux point parler de toutes tes traverses,

Ni décrire ta vie et ses phases diverses ;

(1) Professeur très-connu de ce temps-là.

(2) Règle de syntaxe que connaissent très-bien les élèves après quelques mois d'études.

En deux mots, tu devins un très-riche banquier!!!
Mon ami! Maintenant que peux-tu désirer?
—Les honneurs.—Les honneurs…! Par une erreur extrême,
Hélas! l'homme est toujours ennemi de lui-même;
Toujours de la raison il demeure *forclos,*
Et jamais il ne sait goûter un doux repos;
L'or, les honneurs lui font une éternelle guerre,
Et de là, mon ami, point de bonheur sur terre.

Du démon de l'envie à présent tourmenté,
Il faut absolument que tu sois député!
Pour disputer de Foy le brillant héritage,
On te voit déployer le plus mâle courage.
Haranguant tes commis, sur trois files rangés,
Et sautant à pieds joints sur tous nos préjugés,
Tu leur dis : « Mes enfans, dans ce jour mémorable,
» Faites preuve pour moi d'un zèle infatigable;
» Il faut, il faut ici vaincre le général (1),
» Et placer sur mon front le laurier septennal.
» Dites aux électeurs que mes caisses ouvertes
» De leurs industriels répareront les pertes;

(1) M. le général Sébastiani était le concurrent de M. Laffitte.

» Dites que tous les soirs mes salons, mes bureaux,

» Se verront encombrés d'orateurs libéraux.

» Dites qu'à l'avenir, sans peur et sans reproche,

» Assis au premier rang sur les bancs de la gauche,

» Je n'aurai plus besoin qu'on pérore pour moi (1),

» Et qu'enfin, je prétends bientôt surpasser Foy.

» Allez. » Tes champions, jusques à perdre haleine,

Parcourent, en tous sens, les campagnes de l'Aisne.

Là, ce qu'ont pu jamais des commis-voltigeurs,

Abordant, attaquant partout les électeurs,

Se signale pour toi : ils déploient le courage

De ces fameux Romains qui vainquirent Carthage ;

Mais ton compétiteur l'emporte...! O sort cruel !

Laffitte ! de douleur quel sujet éternel !

Dans les champs de Vervins, tes manœuvres savantes,

Et de tous tes commis les légions errantes,

N'ont pu tenir, hélas! devant ce fier guerrier ;

Mais tu peux t'écrier, comme François premier :

« Ami, tout est perdu, fors l'honneur ! » Oui, sans doute.

Mais, crois-moi, de Paris, Jacques, reprends la route ;

(1) M. Manuel avait souvent la bonté de le défendre.

Va faire des écus monter, baisser le taux,

Et ne reparais plus aux camps électoraux.

On ignore, depuis ta brochure maudite,

Si ton opinion n'est pas hermaphrodite;

Et ce doute fatal, dans l'esprit électeur,

Laffitte, désormais te portera malheur.

Oui, la France verrait le Don enfler la Seine,

Les eaux de celle-ci grossir le Borysthène,

Et les lièvres s'ébattre au milieu des cités,

Avant de te revoir au rang des députés.

Mais vous, à qui long-temps il consacra ses veilles (1),

Vous, pour qui ce banquier enfanta des merveilles,

Vous, dont il fut l'ami, l'appui, le défenseur,

Et de tous vos projets l'aveugle approbateur,

Ministre, pouviez-vous, sans blesser la justice,

Refuser de lui tendre une main protectrice?

Et vous, grands écrivains, rédacteurs des *Débats*,

Si monsieur Lucifer avait tordu vos bras,

Auriez-vous relevé tous les paralogismes,

Les fautes d'orthographe et tous les solécismes

(1) M. Laffitte a fait une volumineuse brochure en faveur de
M. de Villèle.

Dont fourmillait l'écrit de ce brave banquier?

Médisans! apprenez à vivre du *Courrier;*

Vous ne l'avez point vu manquer de politesse.

Vous, enfin, électeurs, vous de qui la sagesse

Nous faisait espérer un parfait orateur,

Et du défunt illustre un digne successeur,

Pouviez-vous mieux choisir qu'en choisissant Laffitte?

L'argent, l'argent tient lieu de rang et de mérite!

Mais, enfin, je le vois, vous êtes des ingrats;

Vous ne valez pas mieux que Messieurs des *Débats.*

Allons, Jacques, allons, d'une âme non commune,

Opposer un front calme aux traits de la Fortune.